¿Cómo son buenos amigos

los dinosaurios?

TO: MAX

FROM: NOELIA

KAATEDOCUS

MASIAKASAURUS

TORVOSAURUS

CHIALINGOSAURUS

LEPTOCERATOPS

DILONG

HYLAEOSAURUS

LYTHRONAX

NASUTOCERATOPS

ACROCANTHOSAURUS

ANHANGUERA

PROCERATOSAURUS

KAATEDOCUS

MASIAKASAURUS

TORVOSAURUS

CHIALINGOSAURUS

HYLAEOSAURUS

LYTHRONAX

LEPTOCERATOPS

DILONG

ANHANGUERA

PROCERATOSAURUS

NASUTOCERATOPS

ACROCANTHOSAURUS

JANE YOLEN

¿Cómo son buenos amigos

los dinosaurios?

Ilustrado por

MARK TEAGUE

SCHOLASTIC INC.

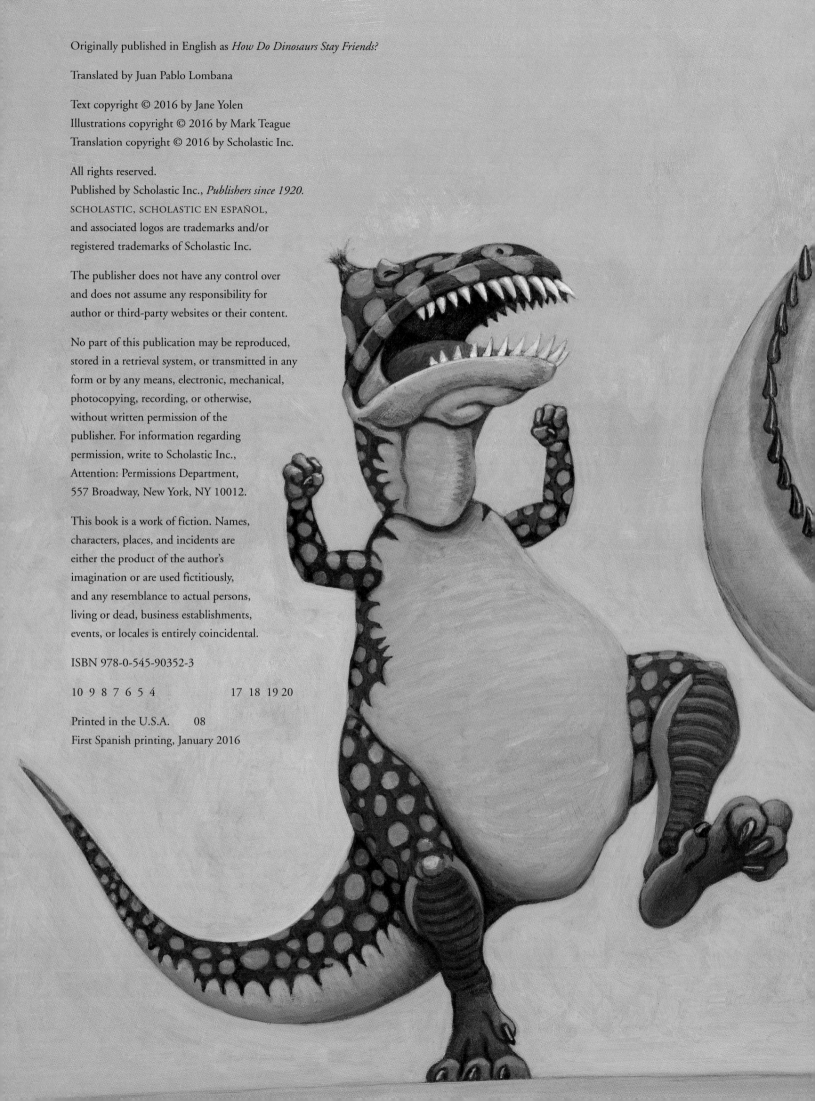

Originally published in English as *How Do Dinosaurs Stay Friends?*

Translated by Juan Pablo Lombana

Text copyright © 2016 by Jane Yolen
Illustrations copyright © 2016 by Mark Teague
Translation copyright © 2016 by Scholastic Inc.

ISBN 978-0-545-90352-3

10 9 8 7 6 5 4   17 18 19 20

Printed in the U.S.A.   08
First Spanish printing, January 2016

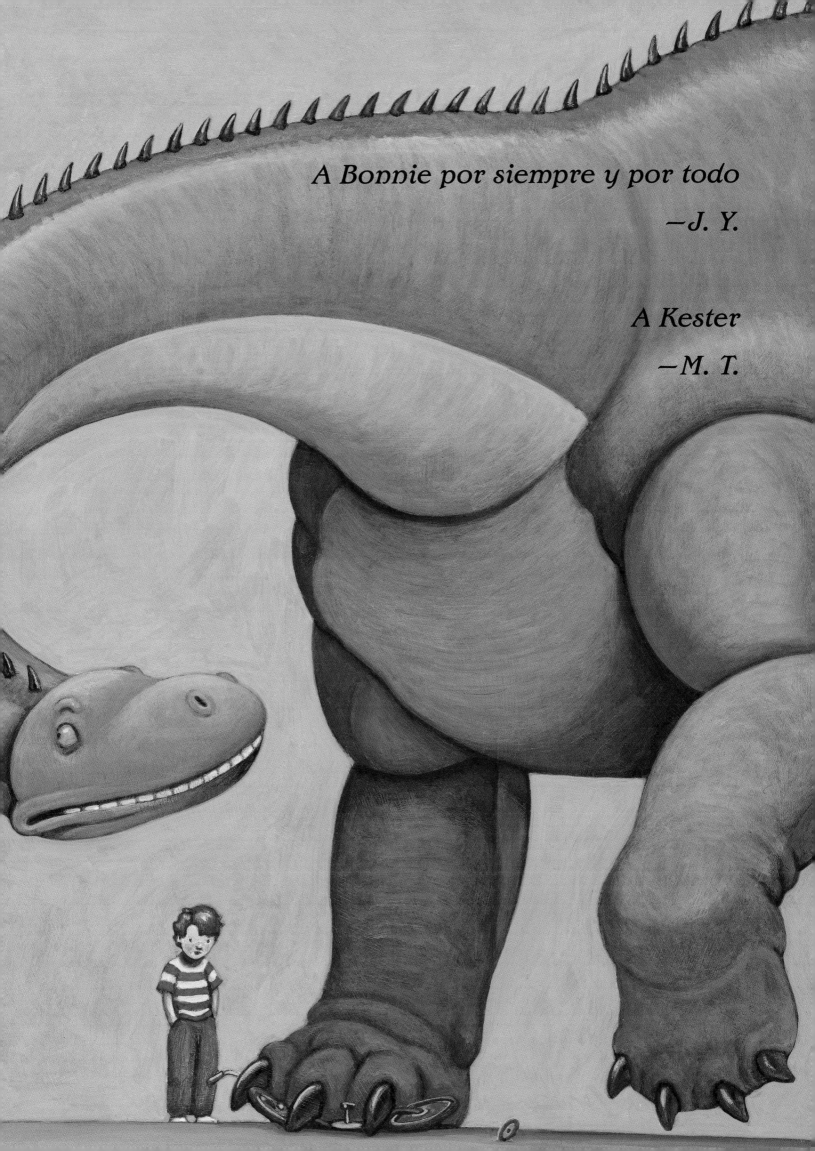

A Bonnie por siempre y por todo

—*J. Y.*

A Kester

—*M. T.*

¿Cómo puede ser un dinosaurio
un buen amigo
cuando jugar ya
no es divertido?

ACROCANTHOSAURUS

¿Acaso le escribe
una nota a su amigo
con mala cara?

¿Pisa su toalla
y la embarra?

¿Rompe el libro
que su amigo
le había prestado?

¿Tira
su lonchera
antes de que
haya almorzado?

¿Escribe en la pizarra algo desagradable?

Bb Cc Dd Ee Ff

DILONG
ES
STÚPIDO

DILONG

¿Les dice a todos
que su amigo es el culpable?

¿Patea su bicicleta?

Y al pasar por su casa,

¿un huevo le zumba?

¿Empuja a su amigo

hasta que lo tumba?

¿Grita y escupe?

¿Espía detrás de la pared?

¿Le dice mentiras a la maestra

sobre quién empujó

y por qué?

No… un dinosaurio no hace eso.

Porque no está nada bien.

En una nota dice que

él fue quien empujó.

Y se sorprende cuando

su amigo admite que

también peleó.

Cuando alguien llega a jugar
y a compartir,

le pregunta

qué juguetes

quiere elegir.

Lleva a la escuela
un dragón y
un caballero,

y una nota que dice,
"Hoy, pelear no quiero".

Luego,
cuando todos
salen a jugar,

a sus amigos
les da galletas que
ayudó a hornear.

A todos les muestra
su oso de peluche favorito,
al que le ha puesto
un lindo lacito.

Así les recuerda…

que aunque

entre amigos es

fácil enojarse,

siempre hay

una manera

de reconciliarse.

No hay nada mejor
que un buen amigo,
que nunca se te olvide,
mi dinosaurio querido.

KAATEDOCUS

MASIAKASAURUS

TORVOSAURUS

CHIALINGOSAURUS

LEPTOCERATOPS

DILONG

HYLAEOSAURUS

LYTHRONAX

NASUTOCERATOPS

ACROCANTHOSAURUS

ANHANGUERA

PROCERATOSAURUS